Collection "Patrie"

J. FRANÇOIS-OSWALD

LES CHARS LÉGERS EN ARGONNE

40c.
Le récit complet illustré.

J. ROUFF Éditeur, 148, rue de Vaugirard, PARIS

BnF
L&A

LES CHARS LÉGERS EN ARGONNE

Conversation

Le colonel américain — un grand gaillard taillé en hercule et paraissant à peine trente ans — ouvrit un étui et le présentant à son hôte, un lieutenant français :

— Ce sont des Belvédères, monsieur... Ils sont excellents.

L'officier prit un cigare, l'alluma, et se mettant à rire :

— Vous ne paraissez pas connaître la crise du tabac?

— Non, nullement. Nous sommes directement ravitaillés par l'U. S.

Il ajouta avec une fierté involontaire dans la voix :

— Une boîte de Belvédères doit coûter en France une trentaine de francs; nous, nous ne la payons que sept.

— Bigre! la différence est appréciable.

C'était l'après-midi. Par les deux fenêtres de la tente rectangulaire, le soleil pénétrait de biais, formant deux nappes d'or où les poussières dansaient des sarabandes.

Très simple et très confortable à la fois cette habitation de guerre d'un colonel américain : un lit de camp, très bas, une table en bois blanc surchargée de livres et de magazines, deux bancs, des portemanteaux où pendaient les cuirs fauves et les vêtements kaki, quelques cartes épinglées avec symétrie, et, suspendu à une ficelle, bien en évidence, un gros rouleau de l'inévitable papier hygiénique.

Après un instant de silence, le colonel reprit :

— Voudriez-vous me faire un grand plaisir, monsieur?

— Je suis à votre entière disposition, mon colonel.

— Eh bien, voilà... L'artillerie spéciale, comme vous l'appelez, est une arme entièrement nouvelle pour moi... Ayez donc l'amabilité, je vous prie, de m'en faire rapidement l'historique.

— Mais avec grand plaisir... C'est en 1917 que les chars font leur apparition sur les champs de bataille. Ils sont de deux modèles : le Schneider du poids de 13 tonnes, armé d'un canon court de 75 millimètres et de deux mitrailleuses, et le Saint-Chamond du poids de 23 tonnes, armé d'un canon de 75 millimètres ordinaire et de quatre mitrailleuses... Les caractéristiques de ces engins sont qu'ils sont protégés par un double blindage qui met l'équipage à l'abri de la balle perforante et des éclats d'obus et qu'ils progressent à l'aide de chenilles...

— La chenille n'est pas un mode de locomotion nouveau... Il y a une dizaine d'années que nous avons en Amérique des tracteurs agricoles destinés à labourer de vastes cultures...

— Nous en employons également en Algérie, mon colonel

— En somme, la chenille n'est autre chose qu'une voie ferrée sans fin, composée de fragments articulés entre eux...

— Votre définition est parfaite... En ce qui concerne les chars d'assaut, c'est au moyen d'une roue motrice dentée et d'une poulie de renvoi que la chaîne d'acier se présente constamment sous les roues de petits chariots qui supportent l'ensemble du véhicule blindé et progressent sur cette voie ferrée incessamment déroulée sur le sol... Le fait que la chenille adhère au sol par une grande surface permet aux chars d'assaut de gravir des pentes de 80 pour 100...

— C'est aux Anglais, n'est-ce pas, que revient l'honneur de l'invention du char?

— Mon colonel, c'est là une erreur assez accréditée dans le public... La vérité est que Français et Anglais firent des efforts parallèles qui s'ignoraient, et qui donnèrent des résultats assez différents au point de vue de la conception des appareils... Les chars français étant plus souples, plus maniables, plus facilement transportables par voie ferrée, les chars anglais possédant une plus grande puissance de franchissement...

— Connaîtriez-vous, par hasard, l'origine du sobriquet de tank qui est resté aux chars britanniques et dont l'équivalent en français doit être réservoir?

— Oh! rien de plus simple... Les Anglais voulant travailler dans le plus grand secret, construisirent leurs chars dont ils dissimulèrent la fabrication sous le prétexte de réservoirs — de tanks — destinés à la Russie... Le terme a fait fortune.

— Savez-vous à quelle époque remontent les premières opérations?

— Au 16 avril 1917... Les chars Schneider prirent part à l'offensive entre Reims et l'Aisne... Malgré les félicitations du général en chef à l'arme naissante, les résultats n'avaient pas été ceux qu'on attendait, encore que les chars aient, partout où ils furent employés, conduit l'infanterie plus avant que sur les autres points de l'attaque... Du fait de l'héroïsme des équipages entraînés par leur chef, le commandant Bossut, qui fut tué dans une charge épique, les pertes parurent lourdes... Des légendes absurdes coururent alors dans la troupe et à l'arrière... les chars brûlaient comme des torches au moindre coup reçu; les hommes qui les montaient étaient sacrifiés d'avance sans utilité pour l'infanterie... d'autres encore... Cette première tentative des chars d'assaut sembla devoir jeter le discrédit sur l'arme nouvelle... Les Allemands affectaient le plus profond mépris pour leurs récents adversaires... Nos fantassins doutaient...

Mais deux attaques en 1917 : l'attaque de Laffaux, au mois de mai, et la bataille de la Malmaison, en octobre, commencèrent à modifier l'opinion... les brillants combats de 1918 firent le reste... Cependant on avait mis à l'étude et réalisé un nouveau char pesant 6 tonnes — celui que nous avons à notre compagnie — plus petit, plus mobile, pourvu d'une tourelle pivotante contenant soit un canon de 37 millimètres, soit une mitrailleuse... C'est un véritable fantassin blindé marchant dans les rangs de l'infanterie et se portant en avant pour réduire les résistances au fur et à mesure qu'elles se présentent... Du moins théoriquement...

— Et son apparition date?...

— Du mois de mai 1918 — le 27 pour préciser... Au moment où déferla le flot allemand entre Soissons et Reims, le commandement disposait des premières unités de chars légers — ou chars Renault, du nom de leur constructeur — qui furent affectés à la défense de la forêt de Villers-Cotterets... Pendant toute la première quinzaine de juin, dans plus de vingt contre-attaques, ils intervinrent avec succès, même dans les circonstances les plus défavorables... Le jour de leur arrivée, à peine débarqués — je tiens cela d'un ami qui participa à la bataille — ils poussèrent une charge furieuse contre les ravins de Ploisy et de Chazelle, bousculant l'ennemi et réagissant avec vigueur à chacune de ses attaques... A Corcy, à Faverolles, à Cœuvres, les chars apparurent aux points menacés et interdirent aux Allemands l'accès de la forêt...

— Le char léger a naturellement détrôné le Schneider et le Saint-Chamond?

— Il leur est incontestablement supérieur... D'après des tuyaux — vous comprenez le mot tuyau?

— Parfaitement... C'est de l'argot... il signifie nouvelle, renseignement...

— Tout à fait ça... Eh bien, d'après les derniers tuyaux, les Schneider et les Saint-Chamond disparaîtraient peu à peu jusqu'à usure complète... On parle, pour les remplacer, de chars lourds qui seraient à l'étude, et qui ne sortiraient des ateliers qu'au printemps 1919... Ils pèseraient 40 et 60 tonnes...

My God!... Ce seraient de véritables villes!

Certes... mais j'espère qu'ils ne serviront jamais, car d'ici le printemps prochain, grâce à la puissante aide américaine...

— Vous comptez remporter la grande victoire?... C'est également mon avis... Mais si vous vouliez me terminer votre intéressant petit historique... Je suis terriblement curieux...

— Je vous dirai que les chars Schneider et Saint-Chamond firent encore d'excellent ouvrage en mai près de Cantigny, où ils opérèrent avec la 1re division américaine, et en juin, au sud de Montdidier... Mais c'est à l'offensive, ou pour être plus exact, à la contre-offensive du 18 juillet entre l'Aisne et la Marne, que les chars conquirent leur grande renommée... Surgissant au nombre de plusieurs centaines de la forêt de Villers-Cotterets et de la vallée de l'Ourcq, précédant l'infanterie, les Renault, Schneider et Saint-Chamond traversèrent les centres de résistance, démoralisant l'adversaire. L'infanterie, familiarisée avec la nouvelle arme, sait profiter maintenant du concours des chars et occuper rapidement le terrain nettoyé... Là où l'infanterie avance précédée de ses tanks, la progression dépasse cinq kilomètres par jour... Je vous citerai une section de chars légers qui, s'empara seule d'une batterie de 77, tuant les servants à bout portant... Une autre qui, entourant une ferme, permet à l'infanterie de capturer d'un seul coup plus de cent prisonniers et une dizaine de mitrailleuses.

C'est grâce aux attaques réitérées des chars que l'ennemi a vidé peu à peu la poche fameuse de Château-Thierry et se replia sur la Vesle... Enfin, au début du mois dernier, c'est la grande attaque au nord de Montdidier, attaque à laquelle participent plusieurs bataillons de chars légers, et il y a quinze jours à peine la réduction du saillant de Saint-Mihiel...

— Je vois que, de plus en plus, s'affirme la valeur offensive de l'artillerie d'assaut...

— Oui, de plus en plus... Alors qu'en 1917 on ne l'employait que dans le rôle modeste de comparse, en 1918, elle est devenue l'arme de tout premier plan sur laquelle on compte pour opérer la rupture du front ennemi sans pilonnage préalable de l'artillerie...

— J'ai entendu dire que les Boches avaient également construit des chars...

— Peuh!... Ils ont sur nous un retard considérable qu'il leur sera impossible de combler... L'instruction du tanker est fort longue... On apprend beaucoup plus rapidement à conduire une automobile sur une route, qu'un char à travers un terrain labouré par l'artillerie et sillonné de tranchées... Tout dernièrement, les Boches ont attaqué, protégés par plusieurs gros appareils présentant quelque similitude avec nos Saint-Chamond... Au camp de Bourron, j'ai pu en contempler un capturé avec tout son équipage... Son blindage est peut-être plus épais que le nôtre, mais sa malléabilité est inférieure...

— Les Boches ont dû trouver des moyens de défense spéciaux?

— Ils n'ont eu garde d'y manquer... Ils ont multiplié sur tout le front des postes anti-tanks qui comprennent de petits canons dont les obus ont une grande force de pénétration... Parfois, ils placent même en première ligne des 77 sacrifiés ainsi que leur personnel... Ils ont également imaginé un fusil spécial, un fusil énorme qui mesure près de deux mètres et la cartouche une vingtaine de centimètres...

— Et cette cartouche peut traverser votre blindage?

— Oui, si elle arrive de plein fouet, ce qui est extrêmement rare... Heureusement pour nous, les Fritz hésitent à faire usage de ce fusil... En effet, d'après le témoignage de nombreux prisonniers, le recul de l'arme est si violent que le tireur se démet l'épaule presque à tout coup... Mais ils ont trouvé bien d'autres choses encore... Dans les secteurs, organisés, par exemple, ils ont creusé des espèces de trappes admirablement dissimulées... Le char avance, croyant se mouvoir en terrain solide... et brusquement, la mince couche de terre cède sous le poids et l'appareil disparaît... Ils ont également placé de nombreuses mines aux passages présumés des véhicules... Ils ont été jusqu'à élargir démesurément certains de leurs boyaux de repli, car le Renault ne peut les franchir que s'ils n'excèdent pas un mètre quatre-vingts... Ce n'est pas tout... Ils font un large emploi d'obus incendiaires, l'essence étant un combustible de premier ordre... Ah! ce sont de rudes adversaires!

— Ce n'est pas possible, vous ne pouvez pas tenir à deux là-dedans (p. 6).

— De rudes adversaires, soit... mais de bien lâches aussi... Ils ne reculent qu'en laissant derrière eux un véritable désert... Ils n'hésitent pas à commettre les pires horreurs, les pires infamies...

— Tout finit par se payer, mon colonel... et le jour du règlement des comptes...

Le lieutenant n'acheva pas sa pensée. Il y eut un nouveau silence. L'Américain reprit :

— Excusez-moi si je vous parais indiscret, monsieur... Encore une question... Avez-vous déjà attaqué avec des chars?

— Non, pas encore... Je suis à la guerre depuis le début, mais j'ai combattu jusqu'ici dans l'infanterie... Vous allez avoir, pour aller au feu avec vos troupes, une compagnie nouvellement formée... mais elle est composée de gaillards qui n'ont pas froid aux yeux...

— Du moment qu'ils sont Français... Mon régiment est également de formation toute récente... C'est au nord de Verdun, là où vos incomparables soldats ont arrêté et battu les hordes du Kronprinz, qu'il va recevoir son baptême du feu.

— Vous n'avez pas de renseignements sur le jour de l'offensive?

— Aucun... Nous ne serons prévenus officiellement que quelques heures avant la préparation d'artillerie... mais à mon avis, cela ne va pas tarder... un jour ou deux...

Il eut un instant d'hésitation, puis, se décidant :

— Vous êtes chef de section, probablement?

— Oui, mon colonel... J'ai cinq chars : trois chars-canons et deux chars-mitrailleuses... L'un des chars-canons m'est particulièrement affecté.

— Voudriez-vous avoir l'amabilité de me le faire visiter?

— Mais parfaitement, rien de plus facile...

II

Quelques détails

Le bois de Hesse présentait une grande animation. Partout, d'interminables rangées de toiles de tente boutonnées deux par deux en forme de V renversé, des cuisines roulantes, des camions, des montagnes de vivres et de munitions. Tout autour, une foule grouillante de soldats en bras de chemise.

Placés sur un rang, une vingtaine de brancardiers, reconnaissables à la croix rouge placée sur le bras gauche, écoutaient, avec un grand sérieux, un sergent qui leur indiquait gravement la manière la plus pratique de porter des brancards sur l'épaule.

Dans les taillis, camouflés de branchages par crainte des avions, les chars, volets clos, semblaient des bêtes monstrueuses qui dormaient.

Le lieutenant s'avança :

— Voici mon char, mon colonel... Attendez, je vais ouvrir les volets pour que vous puissiez jeter un coup d'œil à l'intérieur... Vous pouvez constater que l'appartement est assez exigu... Quant au luxe, il est réduit à son strict minimum...

Le colonel se pencha et, s'étonnant :

— Ce n'est pas possible!... Vous ne pouvez pas tenir à deux là-dedans!

— Il le faut bien... Le conducteur est assis à l'avant, les pieds sur les pédales... Le tireur est debout dans la tourelle... Lorsqu'il est fatigué, il peut s'asseoir sur cette mince lanière de cuir surpendue à deux crochets...

— Lorsque vous franchissez des tranchées, vous devez recevoir des chocs extrêmement violents?

— Quelquefois... La chose dépend beaucoup de l'habileté du conducteur... D'ailleurs, grâce à ces bourrelets de cuir, les heurts sont considérablement amortis.

— Lorsque tout est fermé, y voyez-vous clair?

Fort peu... mais nous avons une lampe électrique.

Et le terrain où vous évoluez, l'apercevez-vous distinctement?

— A vrai dire, le conducteur le voit assez mal par ces fentes dont l'ouverture se règle à volonté... Le tireur voit beaucoup mieux... Aussi guide-t-il son conducteur en lui touchant la tête ou l'épaule...

— Comment vous y prenez-vous pour donner des ordres à vos quatre autres chars?

— Regardez là-haut cette sorte de champignon... C'est le chapeau de la tourelle; son sommet est percé... par le trou, il suffit d'agiter un fanion selon un code conventionnel... Maintenant, si vous désirez connaître quelques généralités sur l'appareil, je puis vous les donner...

— Je vous en prie...

— La longueur du char dépasse légèrement quatre mètres sans la queue... Cette dernière sert à faciliter le passage des tranchées au-dessus desquelles elle forme pont... Elle mesure exactement 1 m. 74... La hauteur de l'appareil est de deux mètres environ... Il est muni, à sa partie arrière, d'un moteur quatre cylindres dont la force réelle est de 41 chevaux...

— Et si votre moteur s'arrête en cours de route?

— Nous avons une mise en marche intérieure... Le réservoir d'essence a une contenance de 100 litres qui permettent dix heures de marche... Il y a quatre vitesses qui s'échelonnent de 1 à 7 kilomètres en terrain non accidenté, plus une marche arrière... Il y a trois accès aussi incommodes les uns que les autres... La tourelle est entièrement mobile autour de son axe... la mitrailleuse ou le canon peut donc battre tout l'horizon...

— Mais qu'est-ce qui remplace le volant?

— Ces deux leviers que vous apercevez sur les côtés et qui commandent les chenilles... Pour changer de direction il suffit de diminuer la vitesse d'une chenille, l'autre conservant sa vitesse normale.

— C'est très ingénieux.

— Et très simple... mais l'emploi de ces appareils nécessite de grands soins, un entretien très pénible...

— Qui exige des soldats d'élite...

Brusquement le lieutenant appela :

— Niquet!... Niquet!... Où donc est passé ce bougre-là!

Mais l'homme accourait, vêtu de treillis et la tête coiffée d'un béret. Il se mit au garde à vous et salua.

— C'est mon conducteur, mon colonel... Si vous désirez faire une petite promenade en char, il va vous conduire.

— Avec plaisir, répondit l'Américain, enchanté... On doit éprouver une impression excessivement curieuse dans cette machine-là!

Niquet abaissa la queue du char, prit la manivelle et mit le moteur en marche. Aidé par le lieutenant, le colonel pénétra péniblement dans le véhicule et s'agrippa à l'épaulière du canon.

— Niquet, recommanda l'officier, tu vas faire tout simplement le tour de ce bouquet d'arbres... Pas trop vite, hein?

— N'craignez rien, mon yeutnant... J'tâcherai qu'mon client soit satisfait du taxi!

D'un saut il s'assit sur son siège et rabattit les volets.

Le moteur ronfla plus fort; les chenilles bougèrent. Le char avança dans un bruit de branches écrasées, augmentant progressivement son allure... Quelques troncs d'arbres, que Niquet n'évitait pas à dessein, donnaient de temps à autre de brusques inclinaisons à la tourelle.

Le voyage circulaire accompli, le colonel sortit de l'appareil, les vêtements froissés, l'air un peu ahuri, une large tache d'huile étalée sur son pantalon.

— Epatant!... Tout à fait épatant! fit-il sans conviction.

Et au lieutenant qui s'avançait, baissant la voix :

— Pour être franc, monsieur, je préfère de beaucoup ma limousine.

III

Y. M. C. A.

NIQUET donna une large tape sur l'épaule de son ami Vallot qui se retourna.

— Qu'y a-t-il, mon vieux?

— Y a que j'viens d' bien rigoler... Figure-toi que l'lieutenant Corbière m'a fait trimbaler dans mon zinc le colonel américain qui commande le 32ᵉ régiment avec lequel notre compagnie doit attaquer.

— Et alors?

— Alors je me suis payé le luxe de le secouer un peu, histoire de satisfaire sa curiosité.

— Il a été content?

— Content?... Tu veux dire ravi!... Il m'a donné un cigare gros comme le poignet et m'a serré la main avec effusion...

— Bigre! tu t'mets bien!... tu payes l' chocolat?

Ils se dirigèrent vers une longue baraque parée de petits drapeaux aux couleurs vives. Sur la porte, se détachaient quatre lettres énormes peintes en rouge : Y. M. C. A. (1).

Ils pénétrèrent. A l'intérieur, attablés devant de larges gobelets en aluminium d'où montaient les vapeurs des boissons chaudes, les soldats américains écrivaient des lettres ou jouaient au « Black Jack », leur jeu de cartes favori, avec de bruyants éclats de voix.

Noyés dans le flot kaki, quelques tankers faisaient des taches sombres avec leur veste de cuir noir et leur béret basque enfoncé jusqu'aux oreilles.

Niquet, qui connaissait l'anglais, ayant travaillé plusieurs mois dans un hôtel de Londres, commanda à haute voix les deux chocolats au lait. Ils s'installèrent dans un coin resté libre, allumèrent d'ex-

(1) Young men christian association. — Association des jeunes gens chrétiens.

quises cigarettes de tabac blond — à 25 centimes le paquet de dix — et se mirent à bavarder.

Niquet et Vallot étaient Parisiens. A eux deux, ils ne dépassaient guère quarante années. Volontaires pour l'artillerie d'assaut, ils avaient quitté avec joie leur régiment d'infanterie — la biffe, comme ils disaient — après les chaudes affaires du mois de mars. Ils s'étaient liés lors de leur instruction au camp de Cercottes, près d'Orléans, et avaient eu la chance d'être affectés à la même compagnie, puis à la même section. Niquet était le conducteur du lieutenant Corbière, Vallot était son agent de liaison.

— J'ai parlé avec un artilleur français, fit Niquet... Paraît que l'attaque est pour demain matin... Fallait s'en douter, puisque nos zincs sont dans la position d'attente... Nous gagnerons la P. D. (1) à la tombée de la nuit, probablement.

— Sais-tu où elle se trouve?

— A cinq kilomètres d'ici... au bois d'Esnes. Les gradés sont partis la reconnaître tout à l'heure...

— Ça fait rien, le secteur est rudement tranquille... On n'entend pas un coup de canon.

— Tu vas voir si ça va cracher cette nuit... La préparation d'artillerie sera courte, mais un peu là!... C'est incroyable ce qu'il y a de batteries en position, dissimulées un peu partout... On ne peut faire cent pas sans en rencontrer un... Je me suis laissé dire qu'il y avait une pièce pour battre cinq mètres de front.

— Pauvres Boboches!... Ça va être le vrai réveil en fanfare!

— Voudriez-vous me donner un peu de lumière, s'il vous plaît?

C'était un sergent américain à la carrure athlétique, qui, très désireux d'engager conversation, formulait cette demande, bien qu'il possédât quatre ou cinq boîtes d'allumettes dans ses poches.

Lorsqu'il eut allumé sa cigarette :

— Vous faites du bon travail avec vos tanks, n'est-ce pas?

— Un peu, mon n'veu! répondit Niquet en riant... Les Fritz en ont une peur effroyable... Vous les verrez faire kamarad!

Et regardant l'insigne rond, en métal, sur le collet de la veste :

— Mais vous êtes du 132e... C'est justement notre compagnie qui attaque avec votre régiment... Tout à l'heure j'ai eu l'honneur de véhiculer votre colonel dans mon char... Il a l'air d'un bien brave homme...

— C'est le colonel Ceiling... Dans le civil il est marchand de cuirs à Chicago.

— Peste!... L'avancement est plutôt rapide, dans votre armée!... Moi, y a deux ans que j'suis mobilisé et j'n'ai pu dégoter encore que l'galon d'première! classe

— Dans quel patelin habitez-vous? interrogea Vallot.

— Dans quel quoi?

— Patelin... ville, si vous aimez mieux.

— Je vis à New-York... Et vous?

(1) Position de départ.

— A Panam.

— Panam?

— Oui... Paris, si vous préférez... Vous parlez admirablement le français, mais je m'aperçois que vous n'êtes pas encore très familiarisé avec l'argot poilu.

— J'aurais bien voulu visiter votre Ville-Lumière, comme vous la nommez... mais c'est une chose impossible pour l'instant.

— Ne le regrettez pas... Paris n'est plus Paris... Dès 9 heures du soir les rues sont noires et désertes à cause des raids de gothas... Vous viendrez y faire un tour après la victoire, ce sera plus gai... Je me charge de vous piloter.

L'Américain, qui ignorait le sens du verbe piloter, sortit rapidement son dictionnaire de poche. L'ayant feuilleté, son visage s'éclaira; il prit un bloc-notes et, le présentant à Niquet un peu interloqué :

— Vous êtes très aimable, en vérité... Eh bien, j'accepte avec grand plaisir... Ayez donc la complaisance, je vous prie, d'inscrire votre adresse sur ce papier...

Niquet s'exécuta de bonne grâce.

— En somme, demanda-t-il, quelles sont les villes que vous avez déjà visitées?

— Aucune... Nous avons débarqué à Brest il y a un mois... Depuis nous vivons dans les bois.

— Combien y a-t-il d'Américains en France maintenant?

— Tout près de deux millions, et ce n'est pas fini... Il en arrivera sans arrêt jusqu'à l'effondrement total de l'Allemagne.

— Les soldats américains sont tout à fait épatants... Ce n'est pas pour vous être agréable que je vous dis cela... Un de mes camarades les a vus combattre du côté de Château-Thierry et à Saint-Mihiel... Ils se sont magnifiquement comportés.

Les yeux brillants de joie, le sergent répondit :

— Nous essayons d'imiter les poilus, tout simplement.

— Moi, fit Vallot sans aucune transition, j'ai une prédilection particulière pour votre hard bread (1), votre corned boef (2) et votre confiture... Depuis cinq jours que nous sommes avec l'armée américaine, je m'en suis mis jusque-là... Quoique ignorant les beautés de la langue anglaise, je me suis fait admirablement comprendre de vos cuisiniers... Une autre de vos qualités, c'est la générosité.

— Excusez-moi, fit l'Américain en se levant... j'ai du travail... Il faut que je nettoie mon fusil... Bonne chance, poilus!

Vigoureusement ils se serrèrent la main.

— Mais vous oubliez des paquets de cigarettes...

— Souvenir. . Souvenir... dit le sergent en rougissant légèrement.

— Quels bons gars, ces Américains, déclara Vallot.

Lorsque les deux amis sortirent de l'Y. M. C. A., le jour déclinait. Des hommes circulaient en tous sens, se préparant à partir. Des ordres brefs se croisaient. Un 130 autrichien siffla...

(1) Biscuits de guerre.
(2) Bœuf en conserve.

Rapide comme l'éclair, Niquet avait saisi sa pipe et, s'en servant comme d'un pistolet : « Haut les mains ! ou je te tire ! » (p. 13.)

— Vite aux chars, Niquet !... Fais rapidement le plein d'essence... Nous partons dans une demi-heure à notre position de départ.

— Alors, c'est sûr qu'on attaque demain matin, mon yeutnant?

— L'infanterie américaine quittera ses tranchées à cinq heures trente... La préparation d'artillerie doit commencer à minuit... Nos chars ne participeront à la bataille qu'après-demain matin, le formidable système défensif des premières lignes une fois franchi...

Des tankers, grimpés sur les chenilles des tanks, vidaient des bidons d'essence dans les réservoirs; d'autres vérifiaient le bon fonctionnement de leur moteur.

Admiratifs, les gradés américains contemplaient les véhicules et se communiquaient leurs impressions.

Niquet se dirigea hâtivement vers son appareil, le *Va-de-bon-cœur*. Presque tous les chars avaient été ainsi baptisés; quelques-uns par de lointaines marraines, d'autres par les poilus eux-mêmes.

Noms de toutes sortes, gracieux, grotesques, étranges, originaux, peints en gros caractères sur le blindage avant : *Louisette*, la

Libellule, le *Tank...-ça-peut,* le *Bochophage,* le *Tacatacteufteuf,* l'*Intransigeant* le *Cercueil-Taxi, Madelon,* le *Rintintin,* le *Nid-de-Haine,* le *Vieux-Pote,* le *Fantômas...*

C'était le crépuscule. Dans l'ombre grandissante, les arbres, les taillis se confondaient par degrés.

Lentement, en deuxième vitesse, volets ouverts, dirigés par les signaux à bras des gradés, les chars gagnaient la route, exécutant de brusques virages. Quelques-uns tiraient après eux, à l'aide de chaînes croisées, des traîneaux en bois sur lesquels s'échafaudaient des bidons d'essence, d'huile, de pétrole, et des caisses de munitions.

Les ronflements des vingt-cinq moteurs s'unissaient, vaste ronronnement doux et puissant auquel se mêlaient les grincements des chenilles.

Le lendemain, à l'aube, de part et d'autre de l'Argonne, se déclenchait l'offensive franco-américaine du 26 septembre 1918.

IV

Dans une cagna boche

T'NEZ mon lieutnant, dit Vallot en faisant jouer le bouton de sa lampe électrique... voici un chemin d'échelles japonaises... Y a certainement des cagnas dans les environs.

— Eh bien, partez en reconnaissance avec Niquet, répondit le lieutenant Corbière, et tâchez de dénicher des « plumards » pour toute la section... Vous me retrouverez ici sur la route. . Pendant ce temps je vais faire placer les chars et établir un tour de garde.

— Bien, mon yeutnant... On va vous dénicher quelque chose de pépère...

Et élevant la voix :

— Hé, Niquet!... Tu t'amènes?

— Me v'là... Me v'là, mon vieux... mais si tu veux mon avis, c'est qu'on n'trouvera rien... Tous les abris doivent être déjà occupés par les Américains... En tout cas, nous ne trouverons plus rien d'intéressant à faucher, car les premières vagues ont dû passer ici ce matin, vers neuf ou dix heures...

— T'en fais pas, mon pote... Suis-moi toujours.

La nuit était complètement noire. De temps à autre, les ténèbres étaient trouées par les fugaces lueurs des 75 en batterie sur de nouvelles positions.

Après avoir parcouru une centaine de mètres, ils arrivèrent devant une entrée de sape.

Ils prêtèrent l'oreille. Pas un bruit. L'abri paraissait inoccupé.

— Qu'est-ce que je te disais? fit triomphalement Vallot.

Ils descendirent quelques marches, le dos courbé. Soudain, ils s'arrêtèrent, stupéfaits. Dans le rayon lumineux de la lampe électrique, un Allemand venait d'apparaître au bas de l'escalier. Rapide comme l'éclair, Niquet avait saisi sa pipe d'entre ses dents et, s'en servant comme d'un pistolet, le tuyau faisant le canon de l'arme :

— Haut les mains!... ou je tire!

Mais c'était un ordre superflu. Le Boche, qui ne demandait qu'à se rendre, levait les bras et hurlait : Kamarad! en jetant des regards angoissés vers le tuyau de pipe de Niquet.

— Camarades à toi... nicht? interrogea Vallot en désignant la sape d'un geste circulaire.

L'Allemand comprit; il connaissait quelques mots de français; il expliqua tant bien que mal que ses collègues avaient tous déguerpi, et qu'il n'avait pas osé les suivre, tant était violent le bombardement.

— C'est bien... Ouste!... passe devant nous... et en vitesse!

Le prisonnier gravit lestement les marches.

— C'est pas tout ça, fit Niquet lorsqu'ils furent dehors... Que va-t-on faire de notre Fritz?... Il est bigrement encombrant... C'est qu'il dérange tous nos plans, c't'oiseau-là!... Il aurait bien dû trouver le moyen de se faire faire prisonnier avant notre arrivée...

— Rendons-lui la liberté et laissons-le s'débrouiller...

— Penses-tu... Il risquerait de se faire zigouiller comme un lapin en pleine nuit...

Mais quelques Américains passaient qui les tirèrent d'affaire. Niquet les appela et leur confia sa capture, ce dont ils se montrèrent enchantés.

— Maintenant que la place est libre, occupons-la, fit Vallot en redescendant l'escalier.

— La prochaine fois, mon vieux, je crois qu'il sera plus prudent de n'pas laisser nos rigolos dans les zincs... Ma pipe a été suffisante tout à l'heure, mais il pourrait se présenter des cas où cette arme serait par trop inoffensive.

Ils firent une première et rapide inspection de la sape.

Les « souvenirs » n'allaient certes pas manquer. Les Allemands avaient dû s'enfuir en toute hâte, car ils avaient tout abandonné dans leur précipitation : sacs, couvertures, armes, outils, et sur les tables ces mille objets qui encombrent les soldats installés dans un vieux secteur.

— Procédons par ordre... Ne nous emballons pas, conseilla Niquet... Nous avons tout notre temps... Voici du luminaire à profusion... Faisons une véritable illumination... J'aime à y voir clair.

Lorsqu'ils eurent allumé et placé un peu partout une douzaine de bougies, ils se mirent à déboucler les sacs, à fouiller les tiroirs, à ouvrir les boîtes, à défoncer les caisses.

Bientôt ce fut un désordre sans nom; le parquet était jonché des objets dédaignés. Ils cédaient à ce besoin de pillage propre à tout soldat. Chaque fois qu'ils découvraient un « souvenir » intéressant, ils poussaient de joyeuses exclamations.

Après un quart d'heure de recherches, ils avaient constitué un tas imposant, comprenant les choses les plus diverses : brownings, gants, ciseaux, rasoirs, papier à lettres, conserves, linge...

— Eh bien, la récolte n'a pas été trop mauvaise, déclara Vallot.

— Et nous n'avons pas été trop rosses, rectifia Niquet... On en laisse pour les copains... T'as compté les plumards?

— Oui, y en a douze... Toute la section pourra dormir là...

— J'vais vite aller chercher les gars... Toi, tu vas préparer l'page au lieutenant Corbière et attendant...

Resté seul, Vallot découvrit encore deux sacs énormes; l'un contenait du sucre en morceaux, l'autre du café en grains.

Il haussa les épaules :

— Et l'on ose prétendre que les Boches meurent de faim! bougonna-t-il...

Mais son opinion évolua un peu lorsqu'il mit la main sur un paquet de « tabac de guerre », espèce de paille brune, et sur un morceau de pain couleur chocolat qu'il goûta en faisant une épouvantable grimace.

Dix minutes plus tard, la section était installée dans la sape. Le désordre avait augmenté encore, chaque poilu ayant fouillé consciencieusement parmi les choses éparses et piétinées.

Assis paisiblement sur les lits en treillage, les jambes pendantes, chacun commenta bruyamment les événements de la journée en cassant la croûte : le bombardement, l'attaque de l'infanterie, le défilé des longues théories de prisonniers, les combats d'avions, les drachens en flammes, le passage des blessés, le dépannage des chars...

Comme il avait été prévu, la compagnie n'avait pas donné. Au reste, la chose n'eût pas été possible, le bois d'Avocourt, qu'il avait fallu traverser, étant une véritable terre lunaire depuis les pilonnages forcenés de 1916 et présentant de formidables obstacles au passage des chars.

Tout à coup, Vallot, qui était parti au P. C. du capitaine chercher des ordres, fit irruption et remit un papier au lieutenant Corbière. Lorsque ce dernier en eut pris connaissance :

— Ecoutez, les enfants... Le colonel du 32ᵉ régiment a demandé le concours des chars pour la progression de demain... Notre section est affectée au premier bataillon... Des ordres ultérieurs seront donnés... Les conducteurs mettront leurs moteurs en marche à cinq heures...

Et se tournant vers Vallot :

— Vous avez des tuyaux sur l'attaque?

— Mon yeutnant, un agent de liaison qui se respecte apporte toujours des tuyaux, dût-il les inventer de toutes pièces... mais rassurez-vous, les miens sont exacts... Les Américains ont attaqué sur un front de 20 milles et pénétré dans les lignes boches sur une profondeur moyenne de sept milles... Y a un tas de villages de pris : Varennes, Montblainville, Vauquois, Cheffry, Marlancourt, Montfaucon... et beaucoup d'autres dont je n'ai pas retenu les noms.

— Et le nombre de prisonniers?

— Paraît qu'il approche de cinq mille... Mais c'est pas tout, une chose que vous ignorez peut-être, c'est que l'armée Gouraud a attaqué sur notre gauche... T'nez, v'là l'communiqué d'vingt-trois heures que vient d'prendre le radio du char T. S. F...

Le lieutenant Corbière prit le papier que lui tendait Vallot et lut à haute voix :

— « Vingt-trois heures... Ce matin, les armées françaises et américaines ont attaqué en liaison étroite de part et d'autre de l'Argonne. Les opérations se déroulent dans des conditions satisfaisantes. L'avance des troupes à l'ouest de l'Argonne est de plusieurs kilomètres. La bataille continue. »

— Y a bon! Y a bon! hurla Niquet.

— Je vous conseille de dormir, déclara l'officier, de manière à être dispos demain matin.

Mais les hommes n'avaient pas sommeil. Ils étaient heureux d'être en terrain conquis, heureux de participer à la reprise de la terre de France. Ils bavardaient, animés.

— Si on poussait la chanson des tankers? proposa Vallot... Vous y êtes, les gars?

— C'n'est pas raisonnable, objecta le lieutenant Corbière.

— Bah! mon yeutnant, il est bon de se sentir vivre!... Et puis quoi! ça prouve que l'moral est fameux...

Et à tue-tête, sans souci de la mesure, ils entonnèrent, sur l'air de *Madelon*, la *Goualante* (1), en honneur à la compagnie :

L'infanterie est une arme bien vulgaire,
Des artilleurs, on en trouve tant et plus;
Les cavaliers sont trop souvent à l'arrière,
Les aviateurs n'sont pas assez poilus.
L'arme que les biffins réclament,
Cell' qui fait le meilleur boulot,
Que l'on vante et que l'on acclame,
Ce sont les vaillants chars d'assaut.
S'ils ont tant de succès, c'est qu'ils l'ont mérité,
En les voyant, les Boch' se sont carapatés!

C't'un fait certain, le tanker manqu' d'élégance,
En train d'graisser les galets de son zinzin (2),
Son bourgeron est trempé d'huile et d'essence,
Il n'a vraiment pas le chic parisien.
Mais quand, le dimanche, il s'habille,
Mettant son cuir et son béret,
Il a le cœur des jolies filles,
Quand à leurs yeux il apparaît.
Ça fait des souvenirs qui lui semblent bien doux,
Lorsque c'est à son tour d'aller en fiche un coup!

(1) Chanson.
(2) Char.

Pour les tankers, quell' sont les grandes nouvelles?
C'n'est pas la v'nu' des millions d'Américains,
Ce ne sont pas les restrictions nouvelles,
Ni que les Boch' meurent toujours de faim.
Pour eux c'est quand la perme approche,
C'est l'jour du prêt et du perlot,
Quand l'ordinair' n'est pas trop moche,
Ni que l'pinard n'fait pas défaut.
Quand nous serons vainqueurs, ils seront bien joyeux,
Mais beaucoup plus encor de retourner chez eux!

REFRAIN

V'là les Renault, les chars de la Victoire,
Dans les tranchées, les taillis, les buissons,
Chassant l'Boch' de notre territoire,
Ils s'en vont comm' des démons...
Et plus tard, sur notre livre d'Histoire,
De tous les noms quel sera le plus beau,
Tout couvert de lauriers et de gloire :
L'char d'assaut! L'char d'assaut! L'char d'assaut!

Lorsque le refrain fut repris trois fois consécutives, les hommes se turent, égosillés, mais la conversation reprit, coupée de rires.

C'étaient des poilus... Quelques heures avant d'aller au feu, à la mort peut-être, ils manifestaient cette crâne insouciance qui les caractérise, cette gaminerie, ce besoin puéril de tapage, cette confiance en le destin, inébranlable et sereine.

Poilu, type immortel, né avec la guerre et qui disparaîtra avec elle. Poilu, homme devenu guerrier, homme qui a souffert dans la tranchée, qui a risqué cent fois la mort, qui a connu l'amertume de la défaite et l'enivrement de la victoire... Poilu qui a fondu dans son creuset unique toutes les classes sociales. Poilu, être né de la misère et de la grandeur de la cause; qui possède une mentalité spéciale, incompréhensible pour tous ceux qui n'auront pas été dans la bataille!

La fatigue finit cependant par l'emporter. Les hommes se couchèrent, et aussitôt allongés, s'endormirent pesamment.

Des rats grignotaient dans l'ombre, inquiets. Pour eux, Boches ou ...nçais, c'étaient toujours des ennemis.

—*—

V

Avant l'attaque

Casses-tu la croûte? demanda Vallot, une boîte de « singe » à la main.

Niquet, complètement allongé sur l'herbe, la tête à l'ombre sous le blindage avant de son char, fit entendre un grognement, puis se levant lentement, il s'étira et bailla.

— Non, j'ai pas faim... Y a du nouveau?

— On attend des ordres.

— Et le lieutenant?

— Tu ne devinerais jamais.

— Quoi... Il mange? Il dort? Il écrit?

— Non... il lit des vers, installé dans son zinc.

Il faisait beau. Au firmament strié de nuages clairs, des avions passaient à différentes altitudes. Les hommes de la section somnolaient, étendus sur l'herbe.

Les cinq chars, camouflés de feuilles, étaient réunis près d'un buisson épais. Ils étaient orientés différemment, et formaient une floraison étrange avec leur bariolage inattendu, ocre, vert, gris et noir

Sur son promontoire, la ville de Montfaucon se dressait.

De minute en minute, à une seconde près, un obus éclatait. Une gerbe s'épanouissait, rouge des briques écrasées. Ils tombaient presque au même endroit, à mi-pente de la colline, et des poilus, une main dans la poche, l'autre au-dessus des yeux afin de mieux voir, discutaient sur le calibre de l'engin. D'autres, d'avis différents, parlaient de la vitesse du son.

— Je désirais voir officier...

C'était un agent de liaison américain. Il avait couru et haletait. Ses cheveux étaient collés par la sueur. Le lieutenant Corbière l'aperçut et vint à sa rencontre; ayant pris connaissance des ordres, il consulta une carte, puis un plan à grande échelle. Son examen terminé :

— Les mécaniciens, mettez en marche et rapidement!.. Les chefs de char à moi!...

Les gradés, deux brigadiers et deux maréchaux des logis accoururent.

— Ecoutez-moi bien... Nous allons attaquer tout à l'heure. Le premier bataillon ne peut plus progresser... Il est arrêté devant le bois de Beuge où les Boches ont accumulé les mitrailleuses. Le bois de Beuge se trouve à trois kilomètres d'ici... Certes, il est très ennuyeux d'effectuer ce déplacement en plein jour, mais nous pourrons suivre un vallonnement grâce auquel nous avons des chances de ne pas nous faire repérer... Maintenant quelques recommandations... C'est notre première attaque... Que notre sang-froid supplée à notre inexpérience, car il ne faut pas se leurrer, les exercices que nous avons faits soit au camp de Mailly, soit à Bourron, ne nous ont donné qu'une idée bien approximative du rôle de l'artillerie d'assaut au combat. Dès que nous aurons dépassé la première vague de fantassins, nous nous déploierons... Je serai en tête... Les deux chars mitrailleuses exécuteront un premier balayage sur toute la lisière du bois. Surtout ne tirez qu'une fois le char complètement arrêté... Ne gaspillez pas vos munitions sur des buts incertains; mais, dès que vous serez sûrs d'avoir repéré une mitrailleuse... hop! en quatrième vitesse dans la direction... Vous tirerez alors presque à bout portant. Le nettoyage terminé, nous contournerons le bois... Le combat donnant toujours naissance à des cas imprévus, je compte sur l'initiative de chacun pour mener à bien le travail qui lui est dévolu... Ah! j'oubliais... il faudra choisir avec soin votre chemin... Les trappes et les mines sont à craindre...

— Dis donc Niquet?

— Quoi, Vallot?

— J'crois qu'ça y est cette fois...

Vallot alluma une cigarette. Niquet prit de l'essence dans son carburateur et, méticuleusement, emplit son briquet

Un poilu sifflotait *Madelon*.

VI

L'attaque

Des yeux, Vallot chercha un repli de terrain pouvant lui offrir une relative sécurité. Tout près, il avisa un trou de marmite. Il s'y engouffra.

Les Boches « sonnaient » dur. Sans arrêt, leur artillerie, sur des emplacements de fortune, arrosait les vallonnements et les crêtes.

Vallot se dressa sur les coudes. Derrière lui, depuis les pentes de Montfaucon, sur une largeur de plusieurs kilomètres, l'infanterie américaine progressait par vagues successives régulièrement espacées Leurs lignes sinueuses se confondaient presque avec le sol. Instinctivement les fantassins courbaient le dos et hâtaient leur marche lorsque leur parvenait le sifflement d'un obus, et s'aplatissaient avec un ensemble mécanique quand l'éclatement était rapproché.

Grâce aux cheminements, ils restaient invisibles des mitrailleuses allemandes qui se taisaient.

De-ci, de-là, des sacs, des fusils abandonnés par les blessés, du linge, des bandes de Maxims déroulées comme des serpents, deux 77 intacts, la gueule en l'air, entourés de douilles et de paniers pleins, un camion aux roues brisées, un casque de guetteur allemand, une paire de gants toute neuve, un quart en aluminium, un paquet de pansement ensanglanté, et détonant sur ce champ de bataille, ridicule, causant une impression de stupeur, un piano... Par quel étrange concours de circonstances, ce lourd instrument était-il venu échouer là, lamentablement?

Et puis des morts dans les attitudes les plus diverses.

Vallot tourna la tête. Devant lui, une vaste colline à pente très douce; sur son sommet, large de huit cents mètres environ, le bois de Beuge, à la lisière rectiligne, dessinait une plaque noire de forme rectangulaire. A mi-pente, entre un talus de chemin de fer aux traverses éparses, la première ligne de fantassins dont on n'apercevait que la tête collée au sol et les casques ronds aux larges bords. Ils étaient serrés les uns contre les autres, l'arme à la main, et conservaient une immobilité de statue. Ils attendaient les tanks français.

Il passa la tête, prit ses jumelles et regarda (p. 21).

Soudain, l'oreille exercée de Vallot perçut le ronronnement des moteurs et le frottement des chenilles.

— Enfin v'là les zincs, murmura-t-il.

Il se retourna. Les chars parurent à l'horizon en file indienne, avec ce mouvement d'oscillation qui les fait ressembler à des navires. Il n'en compta que quatre.

— Y en a déjà un en panne, ronchonna-t-il. J'parie qu'c'est encore une courroie d'ventilo qu'a sauté!

Ils allaient en troisième vitesse, suivant une ligne droite, dévallant les pentes, grimpant les crêtes sans paraître se soucier des éclatements qui les encadraient. L'heure pressait; il fallait aller vite.

Les chefs de char marchaient à grands pas devant leur appareil, les mains dans les poches de leur veste.

Brusquement une pétarade retentit, puis deux, dix ...Ils avaient été repérés, et les mitrailleuses crachaient, emplissant l'air d'un bourdonnement sec. Les tanks stoppèrent quelques secondes, puis repartirent, accentuant encore leur allure.

Les gradés avaient disparu.

Vallot se mit à rire, satisfait, et à haute voix :

— Parbleu! ils se sont planqués sous la queue des zincs et ils sont grimpés par la tourelle!... Ah! on va rire tout à l'heure!

Nerveusement il se frotta les mains. De son trou de marmite il allait être aux premières loges pour assister à l'attaque du bois.

— Ça va valoir une photo, fit-il.

Il tira un petit appareil pliant de sa poche et le mit au point.

Soudain, à la tourelle du « Va-de-bon-cœur », surgit un petit fanion rouge. Les tanks se déployèrent aussitôt gagnant leur poste de combat. Au centre, deux chars-canons, le « Va-de-bon-cœur » et « Fantômas »; à droite et à gauche, deux chars mitrailleuses : le « Tacatacteufteuf » et « Nid-de-haine ». Ils commencèrent à gravir la côte.

Comme si elles s'étaient donné le mot, simultanément, les artilleries française et allemande tonnèrent de toutes leurs batteries.

Parvenus au talus du chemin de fer, les chars se cabrèrent, prirent une position presque verticale, chenilles dressées, rugissants, formidables, lançant des jets de fumée noire.

Ils allaient irrésistiblement, portant la mort dans leurs flancs.

Evocation des monstres des premiers âges de la terre, sortis d'on ne sait quel chaos; bêtes apocalyptiques, effrayantes, à la musculature énorme et aux formes insensées; bêtes de cauchemars... Machines à tuer conçues par le cerveau des hommes.

Vallot s'agenouilla, mit une main sur son viseur, actionna le déclic.

— Dommage que l'soleil soit mal placé, fit-il... Si mon instantané n'est pas loupé, ça m'fera un bath souvenir...

Le fantassin a la libre disposition de ses mouvements. Il se couche, se relève, bondit, rampe, disparaît. Le char ne peut se dissimuler. Une fois repéré, pas de milieu : il doit triompher ou mourir.

Le char est une cible magnifique que l'ennemi ne lâche pas et sur laquelle convergent tous les projectiles des engins.

Dans un tank, deux hommes isolés du monde extérieur. Ils n'aperçoivent le sol que de temps à autre par les fentes minces et dangereuses. Ils doivent conserver toute leur lucidité.

Le fantassin voit venir le danger; il s'éloigne d'une zone battue.

Le tanker n'entend ni les sifflements des balles, ni les éclatements des obus. Cahoté, meurtri, ses oreilles sont assourdies par le ronflement du moteur, et la fumée dégagée par son arme le suffoque.

Un fantassin blessé ne combat plus; bien souvent les soins peuvent lui être donnés immédiatement.

Un tanker blessé, c'est presque toujours le char immobilisé devenant une cible fixe; c'est la mort à peu près certaine, la mort la plus horrible : être brûlé vivant.

. . . .

Le lieutenant Corbière, les mains crispées sur la courroie de cuir formant siège, pencha la tête et dans l'oreille de son conducteur cria :

— Arrête!

Niquet débraya et mit au point mort. Le char parcourut encore quelques mètres et stoppa.

L'officier, d'un geste sûr et prompt, débloqua la tourelle, et, tournant avec elle, scruta attentivement la lisière du bois de Beuge qui s'était éloigné que de deux cents mètres à peine.

L'éclatement proche des obus rendait son observation difficile.

— Ils sont bien cachés, les cochons! grommela-t-il.

Tout à coup, il entendit le tac-tac des Hotchkiss (1); jetant un coup d'œil par les interstices latéraux, il vit ses deux chars mitrailleuses balayant les cornes du bois.

— Alors, quoi... Je serais le seul à ne rien faire?

Un instant il hésita, puis passant l'index dans un petit anneau placé sur le chapeau de la tourelle, il tira d'un coup sec. Il y eut un déclenchement; le chapeau se leva comme un vaste couvercle d'encrier. Il passa la tête, prit ses jumelles et regarda.

Une balle siffla, puis une autre, puis cent qui l'effleurèrent dans un piaulement sinistre, d'autres s'aplatissaient contre le blindage.

Il mit ses jumelles au point et fouilla les buissons.

En s'offrant comme cible, il forçait l'ennemi à se découvrir.

Brusquement il ne put retenir un cri de joie :

— Niquet... Je les tiens!

Distinctement, il avait aperçu le canon épais d'une Maxim émergeant d'un fourré, et le sommet gris et mobile d'un casque.

Il rabattit le chapeau, rebloqua la tourelle son canon face en avant, prit un obus à mitraille dans un casier, le plaça habilement dans la chambre, puis, presque accroupi, surveillant la direction :

— En avant, mon vieux!... Passe vivement tes vitesses!... Oui, en quatrième, parfaitement!... Il faut qu'ça gaze!... Un peu plus à droite... Oblique encore... là, ça y est... Tout droit maintenant...

— Ça colle, mon yeutnant, j'lai gaffée (2).

Le char bondit, vibrant, trépidant, rugissant.

L'œil à la lunette,caoutchoutée à son extrémité afin d'amortir les chocs, l'épaulière bien assujettie, la main gauche à la poignée, la main droite à la détente, le lieutenant Corbière voyait grossir l'objectif comme ces paysages cinématographiques pris sur les locomotives.

La mitrailleuse boche n'était plus qu'à une vingtaine de mètres.

— Halte!

Dans une fraction de seconde, l'officier pointa et tira. Il y eut trois bruits presque simultanés : le départ du coup, l'explosion et le choc de la douille projetée brutalement sur le plancher. Son doigt appuyait une deuxième fois sur la détente, lorsqu'il vit à travers la fumée dégagée par le premier obus, une tête floue, décomposée par la terreur, et deux bras dressés verticalement, les doigts écartés... Trop tard! Le Boche disparut volatilisé.

Niquet, pour mieux voir, avait imprudemment entr'ouvert son volet. Il se retourna, et les deux mains sur son dossier de toile, les yeux saillants de cette joie sauvage du guerrier victorieux :

— Bravo, mon yeutnant!... Un vrai coup de maître!

Puis calme, sérieux — le combat ne faisait que commencer — il remit en marche son véhicule jusqu'à la lisière du bois.

(1) Mitrailleuse employée par les Français.
(2) Aperçue.

Le lieutenant Corbière ouvrit sa tourelle. La première ligne américaine quittait le talus du chemin de fer et s'élançait.

Les autres chars avaient disparu. Ils avaient déjà accompli la première partie de leur mission, et contournaient le bois.

— Crénom! nous sommes en retard, Niquet... Roulons!

Souple, docile, le char repartit, vira sur la droite à 90 degrés.

L'officier s'assit, tira son mouchoir, s'essuya le front ruisselant de sueur, et le plus simplement du monde proféra à mi-voix :

— Bon sang d'bon sang qu'y fait chaud!

Lorsque « Va-de-bon-cœur » parvint à la corne droite du bois, le lieutenant Corbière aperçut, distant d'une centaine de mètres, le « Tacatacteufteuf » filant en quatrième vitesse.

« Fantômas » et « Nid-de-haine », selon toutes probabilités, devaient suivre une marche sensiblement parallèle en longeant la lisière opposée.

Jusqu'à une ligne noire barrant l'horizon, très au loin, le terrain s'étendait, coupé de mamelons irréguliers et de cheminements sinueux propices à la dissimulation des mitrailleuses. Sur la droite, au-dessus d'un vallonnement léger, s'effilait le clocher frêle du village de Romagne. Et toujours, un peu partout ces brusques flocons blancs, des éclatements

A mi-voix, se parlant à lui-même, le lieutenant Corbière, qui examinait les replis du sol, murmura :

Peuh!... Un foisonnement de mitrailleuses et c'est tout... Nous allons nettoyer tout ça... J'parierais volontiers...

Il n'acheva pas, eut un léger recul de la tête; ses yeux exprimèrent une indicible horreur, et sa bouche grande ouverte était incapable de proférer un son.

Sur une hauteur énorme, impossible à évaluer de prime abord, s'élevait une fumée noirâtre, gigantesque. A travers cette fumée, des choses noires projetées en gerbe avc une force inouïe.

Le « Tacatacteufteuf » venait de toucher une mine et sautait. Les débris du char, tels des aérolithes, retombèrent en tous sens, s'enfonçant profondément dans le sol. Un bloc de terre meuble s'aplatit sur le « Va-de-bon-cœur », obstruant la fente frontale du volet.

Du « Tacatacteufteuf » en plein action, de cette formidable et fine machine d'acier, il ne restait, épars, que des amas de ferraille tordue. L'essence, répandue, brûlait avec de petites flammes dansantes.

A quelques mètres, côte à côte, deux corps en boule, les genoux et le front touchant la terre, striés de balafres profondes. Ils étaient face au soleil, et semblaient deux Arabes faisant leurs prières.

— Pauvres gars!... Pauvres gars! fit l'officier.

Mais le mot de Cambronne sortit irrésistiblement de ses lèvres. Niquet, émotionné, venait de caler le moteur. Le « Va-de-bon-cœur » s'arrêta.

Les balles perforantes frappaient les parois avec une précision mathématique et par les fentes volaient de minuscules éclats d'acier.

Niquet s'accroupit entre ses leviers. Il avait négligé de mettre son masque protecteur. Atteint en plus de dix endroits, de minces filets de sang glissaient sur son visage et s'égouttaient de son menton.

Il s'essuya avec son mouchoir sale.

— T'es blessé?

— Non, mon yeutnant... Des piqûres... Ca ne compte pas...

— Quelle déveine tout d'même!... Ah, bon sang!... y a pas, faut s'tirer d'ici... sans ça on y laissera sa peau!...

Ils parlaient, la voix sourde et anxieuse.

— Vite, passe-moi la manivelle...

L'officier, s'arcboutant pour avoir plus de force, essaya de mettre le moteur en marche; mais il avait beau tirer, rageusement, les dents serrées, ses efforts restaient vains. Après la dixième tentative, il s'arrêta, haletant, la face en feu.

— Si nous restons là une minute encore, nous sommes fichus...

En effet, la situation devenait critique. Un obus venait d'éclater à deux mètres à peine et avait éventré le pot d'échappement.

Deux balles anti-tank, bien dirigées, arrivèrent perpendiculairement au blindage, le perforèrent et frappèrent le canon, sans force, comme des cailloux.

— Y a pas à hésiter... Faut sortir!... Ah! cochon d'moteur!

— J'y vais, mon lieutenant.

— Non, reste ici... y a moins d'danger en passant par la tourelle...

Dans un effort prodigieux, il replaça la queue lourde de chaînes (p. 23).

Mais Niquet avait pris la manivelle et était sorti d'un bond, rabattant brutalement les volets. En rampant, s'aidant des coudes, il gagna l'arrière du char. Il se redressa alors; il était à l'abri des balles qui continuaient leur bourdonnement de gros insectes.

Il abaissa la queue, plaça la manivelle, tourna... Le moteur ronfla. Dans un effort prodigieux, il replaça la queue lourde de chaînes, regagna son siège... Il était indemne miraculeusement.

— C'est épatant, c'que tu viens d'faire là, Niquet...

— Mais, non, mon yeutnant... C'est tout naturel... Fallait bien que j' répanre ma gaffe, pas?... Ça fait rien, j'ai été vernis de n' pas ramasser une trouante...

Et subitement haineux :

— Vous en faites pas... On va l'venger le « Tacatac »!

Le « Va-de-bon-cœur » repartit. Une minute après, le bois de Beuge était dépassé.

Loin sur la gauche, « Nid-de-haine » et « Fantômas » bondissaient dans les terres labourées, et tout à fait à l'horizon, d'autres chars étaient suivis par les fantassins en vastes lignes brisées.

— Ah, çà, par exemple!

Le lieutenant Corbière était stupéfié. A deux cents mètres, devant un taillis frêle, une mitrailleuse venait de surgir et tirait. Pas le moindre camouflage; elle était visible entièrement ainsi que son tireur, posément assis, les jambes allongées.

— Pour du toupet, c'est du toupet!

Il toucha l'épaule de Niquet. Le « Va-de-bon-cœur » s'arrêta; mais il n'eut pas le temps de pointer son arme; un obus détachait net le chapeau de la tourelle.

La mitrailleuse, le tireur, le taillis avaient disparu comme par enchantement, découvrant un 77 qui venait de déboucher à zéro.

Surmontant son étourdissement, le lieutenant envoya coup sur coup, en l'espace de six secondes, trois obus à mitraille. Le premier un peu court, le deuxième un peu long, le troisième faisant mouche.

Alors Niquet, retrouvant sa blague de gavroche :

— Ça leur apprendra à nous enlever not' chapeau!

. . . .

— Dis donc, Niquet, fit Vallot.

— Allô?

— Tu sais, y a du nouveau.

— Quoi donc?... La guerre est terminée?

— Non, mais elle le sera bientôt.

Niquet eut un haut-le-corps :

— Allons donc!... Tu plaisantes...

— Je suis tout ce qu'il y a de plus sérieux... La Bulgarie demande la paix... Je le tiens du radio lui-même... Vois-tu, ça, c'est le commencement de la fin pour la Bochie... Nul doute que la Turquie ne suive le mouvement... Nous avançons partout... Le tuyau court que Cambrai est pris...

Il faisait nuit. La compagnie avait fait halte au bois d'Avocourt. Les hommes étaient assis sur les talus et bavardaient en fumant.

Les chars légers avaient fait de la bonne besogne; leur mission accomplie, ils retournaient à l'arrière, suivant le chemin de l'aller. Beaucoup de camarades, hélas! manquaient à l'appel ... inéluctable impôt du sang.

Niquet et Vallot se taisaient à présent, plongés dans leurs pensées, émus, le cœur bondissant d'allégresse. Pour la première fois depuis le début de la guerre, ils entrevoyaient avec certitude la fin de l'effroyable tuerie, la paix par la victoire, l'apothéose du retour.

Là-bas, là-bas, aux premières lignes, les fusées traçaient leur courbe lumineuse, puis redescendaient lentement, semblant de larges étoiles se détachant du ciel.

FIN

Paris. Imp. d'Éditions, 9, r. Édouard-Jacques.

 IMP. E. LAFFRAY, RUE D'ALENÇON, PARIS

www.ingramcontent.com/pod-product-compliance
Ingram Content Group UK Ltd.
Pitfield, Milton Keynes, MK11 3LW, UK
UKHW021035220726
13924UKWH00001B/331